武蔵野書院

この書を歌を詠む機会を作ってくださったすべての方々に捧げます。

続 歌めぐり 三上満贈答歌集

目次

目次

別離

九月八日の退職の日、三組の娘達より手造りの数珠をさづかれば、その日の深夜、クラスラインに載せなむとて、

少女らの面ざし浮かべ玉数ふ　想ひこもれる数珠握りつつ
　我が授業受けし二十人の娘、一人一玉づつ紐に通したるとぞ。

またラインにて、並びて写真撮りし娘に、

校舎との別離の日にも雲りなし　心通へる君と過ごせば

退職の日、七組より、運動会の日たそがれて競技を眺めたる我が姿写したる2L版写真の、裏に皆のメッセージ細字にて記したる小パネルをさづかりたれば、そのお礼とてまたの日、心通へる娘に皆に伝へなむとて、

老眼も厭はず読ませるメッセージ　記せる君に幸多くあれ

この歌、七組の後ろの黒板に記したれば、担任の石原先生、我よりの感謝の歌とて紹介し給ひしとぞ。

退職の日、四組娘より、皆のメッセージ記したる風船の紙形貼りたる折りたたみ型色紙さづかりたれば、またの日、そのお礼とて、四組の心知りたる娘に、「皆に知らせ給へ」とて、

行く日々の浮力となさむ風船にのせる言葉を胸に刻みて

縁語に仕立てたる。

風船も気球もバルーンもそれぞれに少女の夢のせ空に羽ばたけ

この二首、印刷して教室に掲げられたりしとぞ、

同じ日、三組娘より、数珠と手づから造りし、日めくりカレンダーさづかりて、家に帰りて具《つぶさ》にみるに、各曜日、各日付けの一桁、十桁の全ての札の裏に娘達の伝言記されたるのみならで、各月の礼の裏には娘達の写真分ちて貼られければ、めでまどふといふもをろかなれば、つとめて、クラスラインにとて、

メッセージ記せる日付の札めくる　三組娘と日々新たなれ

月、日付け曜日を知る度君偲ぶ　幸せな日々振り返りつつ

そのまたの日、手造りカレンダー発案すなる娘に、皆に示さなむとて、

再度《また》続く一人の朝も孤独なし数珠持ち娘の心根にふれ

今日もまたカードをめくり君想う三組娘に幸多かれと

退職の日、荷だたみに時使ひて、夜遅くなりて空腹覚えしに、心通ひし三組娘
より、昼間さづかりし食べかけの箱入りグミと野菜ジュース二つあるを思ひ出
でて、食へば、こころゆきて、ありがたさに涙こぼるれば、またの日、グミ娘
の親役なる心通ひたる娘に、「お礼伝へられたし」とて、
空腹に恵みのグミをしゃぶりつつ思ひ出深き荷物まとめる

同じ娘より退職の日、ノートの切れ端に記したる文得たるを、暫く見失ひてあるに、十月の半ば、カメラケースの中にあるを見つくれば、「職員室に出欠報告に行く折にいつも傍で見守りし師のをらずなるがわびし」の言葉あるをまたみて、あはれなれば、また心通ひたる娘に「告げ給へ」とて、

毎朝の出欠報告なす君のはにかむ笑顔忘られぬかな

相聞

四月に赤石山系に残雪登山に行きて、雪中野営せしこと語りしに、「その時の事文に記して賜へ」と求めし娘二人あれば、八月の末、文ものしてそれぞれに遣るとて、

今ぞ知る文読む楽しみ知る君に　練りし我が文伝ふ喜び

君がため記憶たどりて記す文　失敗話も楽しみとなれ

心通ひたりし娘のらうたげなる、おさげ髪を我好むを知れども、なかなかもの
せぬに、残りの授業日少なになりて、思ふところやありけむ、初めて三つ編み姿
みせければ、めでたくて、

望み見るゆかしき姿目にやさし　たしなみ添ふる三つ編みの君

我が好みと知るままに時折三つ編みせし娘、しばらくせざりしに、二学期の期
末試験の折、おさげ髪なれば、こよなしとて、

三つ編みにメガネの瞳輝かせ知性美ました君にもあるかな

心通ひたる娘の職員室を好める、「めづらしくおさげ髪したれば、あまたの師
にらうたしと言はる」と笑みゐたれば、
かわいいと髪形ほめられはくそ笑む　いじらしさ添う三つ編みの君

退職前日の九月七日、心通ひたりし娘に、「校外にても我を大声で呼ばふこと
度々なりしこと心に残りたる」とて、
センセーと所構わず呼び叫ぶ君に照れつつ笑顔こぼれる

退職の折、教へさづかりしお礼の文に寄すとて、

りを

週三回選択室の笑い声　のびた黒髪と思いだす日々

かへし

髪切りしゆゑほの伝ふ君見つめ教への時を過ごすひととせ

窓臨む君の発する言葉こそ生徒の理解知るよすがなれ

心知る娘の『歌めき』の見返しに言葉記せとあれば、
交わし見る君の潤んだ瞳こそ我が歌めきの泉なりけれ

題知らず

君送るラインスタンプとりどりにときめく我をあはれと思へ

十日深夜、ラインで送るとて、

わが想ふ君の心に幸あれと果てなき願ひ綴る言の葉

また十二日未明、

愚痴伝へいたはり求むるあざとさも想ひのゆゑと君よ知らなむ

また、十二日、
今宵また優しき君の言葉得て眠り許さず胸の高鳴る

十四日早朝、　また心通ひたりし娘に、

くちづさむ好みの調べに気も弾む　「あなた」の歌詞に君を重ねて

この調べいとうるはしとの返信得たり。

九月十二日、三組の数珠作り案じたなる娘に、ラインにて皆に示さなむとてさ
づけたりし歌をややあらためて、

幸ひを願う幸ひかみしめる　数珠持つ君に数珠いただきて
かへし　　　　　　　　　　　　　　　　いろは
先生を想い選んだ蓮の実は今ごろその手に握られしかな
またのかへし
握る手の蓮の心ぞありがたき君も我しも清くあらなむ

退職の日、心通ひたる娘よりさづかりしエコバッグの由来、日頃通ひたるスーパーのレジ打ち娘に語れば、いみじうめでられしかば、その由さづかりし娘に伝ふとて、

エコバッグ　君の想ひが絆よぶ　レジ打ち娘に由来語りて

新しき師の授業での皆の鬱屈ぶり嘆かはしければ、理系女子風にこしらへたる。

桃　夏

新風に吹かれざわめき焦《じ》れる波　沈む始点を押し上ぐ動点

滞る気配を自ら動点になりて動かさむとの心詠みたるとぞ。

かへし

我去りし緑の菊苑萎ゆるとも君よ標《しるべ》の風とこそなれ

我初めて教壇に立ちし時、沈みし気配に活気もたらさむとせしも桃夏なれば、それになぞらへたり。菊は校章、緑は制服の色なり。

師への餞《はなむけ》とて、三組理系娘、皆がら日めくりカレンダー作りし折、４の日付札得たれば、その裏に書き記しける。

日々の中思ひ出まとひ進む道　　桃吉

言葉の學び糧となしつつ　　満

我が授業により文読む楽しささらに知りたりと言ひしに言寄せたり。

日頃心うるはしとめでたる娘に、九月末に登りし朝日連峰の紅葉の写真送るに、
案ずるにたがはぬうるはしき言葉あれば、
うつくしき景色につむぐうつくしき君の言葉に心あらはる
また近頃、数珠持つ習ひある学舎にありし事に誇り感ずとの言葉寄せたれば、
こころ洗ふ君の言葉を聞くからに梅雨めく空も雲はるるかな

ＡＯ入試の準備にかこつけて学校休みがちなると伝へ聞きて、うとましくてしばらく連絡せでゐたるに、たまたま会ふ折あるに、求められし実験報告作成の苦労並みならぬ様具《つぶさ》に語れば、心ほぐれて、その夜、

語らへばやがて消え失すわだかまり　言ひ分く君の睦まじく見ゆ

かへし、すなわち、　　　　　　　　らな

ありがたや褒め言葉かもわからない　さらでもポジティブシンキングせむ

心通ひたりし娘よりのラインに、キャプテンの文字記されしスタンプあれば、
君を知る時より馴染みしキャプテンの謎めくあだなの由来知らばや
ＣＧアニメのウサギのキャラクターの名なるとぞ。

時折和花の写真送りしに、ヒガンバナの写真を、うとましき別名のあれば余り好まぬ旨添えて送るに、「私は好きです」との返信あれば、十七日朝、

彼岸花　君の好みと知るからに儚き名をも恋ひしかりけり

師の退職の折、教へさづかりしお礼を文にして寄すとて、

あやめ

去る師父の忘れがたみのペケの山　そをだに抱え　髪上げもぎす

私事に古文学びて、問題集に×多くもらひながら成長したる様を、この時髪切りてあれば、いにしへのならひになずらへて、「髪上げ、裳着す」といひ、また「模擬試験す」との心重ねたるべし。

かへし

得点をもぎ取る元手はペケの山ふみなれぬ君の便り貴し

便りの中に「文書き慣れず」とあるを受けたり。

師替わりて二回目の授業の折、古文の入試問題を解かされしかば、七組の皆理系なればこころ入らぬに、答へ合はする折、ある人「蜘蛛跳びゐたり」とののしりければ、心寄せに聞きゐたるに、不意に師に「え〜ず」の意味を問はれて、答へられで悔しき思ひしたりしかば、むずかる心明かさむとて、蜘蛛の絵とともに、

ゆい

蜘蛛が跳ぶ　二度目の授業古文だと?!　振り向く她《た》の問ひにえこそ答へね

　她は唐国の言葉にて彼女の意なりとぞ。

かへし

教室を這ふ蜘蛛よりも娘らは頭のくもりを消すべきと知れ

十月の初め、言葉交わして十日ほど経て後、やうやう返信あれば、

返信は忘れた頃が君の常　すぐ来るよりも嬉しさ倍増?

かへし、ライン苦手との言葉添えて、　　桃　夏

常日頃気づくも足らぬ返す時　頭にたまる返事の言葉

またの返し

ひさびさの君のラインに心満ち　更ける夜忘れ紡ぐ言の葉

その折、退職の日にはじめて言葉を交はして、名前を記させし友ありしを思ひ出で、その友の娘に伝へなむとて託したる。

退職のその日に知りし君の名を記せし姿目に浮かぶかな

十月中旬の初めつ方、山に行く折は必ず知らすべしと言ひおこせし娘に、朝日連峰登山の折の紅葉写真送れば、具《つぶさ》なる返信あれば、

声援の言葉欲しさに山登る？　発信可能な稜線めざして

三月一日、先生有りし日の定期テスト試験の頃をおもひて、

あおば

先生に褒められたくて横書きの時間を削り国語やる夜

かへし、その頃を偲びて、

古文好き隠さぬ君に力得て授業準備に時忘る宵

宵帰りの日々少なからざるを詠みたり。

三月九日、心通ひける娘に八ヶ岳に行く旨伝へしに、丹沢登山に行けぬを詫びたれば、またの日、主峰山頂に着きてすなはち交信したりしが、下山してまた、帰宅途中にそのをりの心を詠みてつかはしける。

山旅に行けぬを詫びる君案じ　スマホ温む氷雪の峰

山頂はマイナス一五度にて、スマホ冷やすは電源喪失の怖れあるのみならず、素手にての操作は凍傷の怖れあれさへば、スマホも手も温めながらの行ひなりき。

三月十日八ヶ岳の主峰に登りし折、寒さに抗ひて、とくかへり言あらむずらむ
娘たちのみに、昼食しつつ景色送りて後、肝を冷やしつつ頂上直下の氷雪の壁
くだりて、一息つくに、娘の一人、例の娘達伴ひての山行と思ひなしけむ「我
も共に行かまほし」と返り言あれば、「初めての登山に、かかるところに伴へ
ば如何に思ふらむ」とをかしくて、またの日、

身もすくむ雪の絶壁下り終へ　山好き告げし君に慰む

同じ時、八ヶ岳主峰山頂にてよき景色送らむと腐心しつつ数枚送るに、山の景色こよなく好む娘より、「綺麗」の返信とくあれば、またの日、寒中の苦闘知るべしとて、

美を求む君満たさんと春まだき氷雪の峰に探るアングル

かへし、すなはち、　いろは

菜の花を見て思い出す長い冬　乗り越えたのは君がいたから

またのかへし

日々尋ぬ君のノートと君の笑み　授業進める我が助けなる

三月十六日、頼みごとのお礼とて娘二人連れて都内ありくに、スマホ写真、ラインのアルバムとて寄せしかば、笑顔いみじう艶なれば、その一人に、

アルバムの君の笑顔の故想ふ　我が与《あづか》りのほどやいかにと

かへし、しばし後の深夜、　　　　　ひなの

学び舎を去《い》にたるよりぞ久びさに君に会へるは嬉しかりけり

またのかへし、未明に、

思ひやる君の心のやさしさに寝覚め久しき春爛《た》けき夜半

同じ時、大人びたる装ひながら、ワニのぬいぐるみやうの異様《ことざま》なるバッグ背負うまた一人に、
大人びた気色にとまどひ幼さを見出し安らぐ我が身いぶかる

四月の初め、心通ひける娘に入学祝ひの言葉を桜の写真とともに送れば、「花粉症に悩みてよろづ苦しかりけり」とあれば、

ハナおもい二つの涙宿るらむ　待つ喜びとつのる辛さと

五月の半ば、心通はしたる娘、大学の実習にて作りし器の手際心もとなしとて
写真寄せたれば、しばらく語りて後、
君偲び雨の響きに身をゆだね美へのまどひを想ふひと時

知己

八月の末頃、『歌めき』の読後感想とて、高校の教員をしたりし大学の後輩、
神谷さやかさんの寄せ給ひし歌一首。

かへし

歌めきの意味腑に落ちてさらになほ歌めく君のうらやましきかな

「歌めき」に生徒との日々想ふといふ君のよすがとなれし喜び

退職の日に、『歌めき』の校正したる娘二人と職員室近くの阿弥陀立像の前にて、
社会科の宮澤先生撮り給ひし記念写真九月十三日に届きたれば、御返しとて、
仏前で寄り添う生徒の笑顔こそ我が営みのしるしなりけれ

九月の半ば、中学時代よりの友なる石井薫君『歌めき』得たしとて訪れて後、
文にて寄せ給ひし歌四首。

近況を語る瞳の輝きにその人生の充実を知る

教壇の苦労を我に語れどもそれは笑顔の中にあるもの

玄関の片隅にある登山靴　すこやかである日々を教える

教え子と君とをつなぐカレンダー　思い出という時を刻んで

かへし

我が歌を迎へし心の暖かさ　歌詠む君の気遣ひで知る

生徒との絆を明かすカレンダー　古き友とも絆つなげる

　また、その頃の想ひ出でとて、

国語のみ得意と胸張る中学の頃知る君と歌交はす今

大学院時代に勤めたりし港区の男子校時代の同僚にて、早逝し給ひし金子正人さんの尚子夫人に、供へ給へとて『歌めき』捧ぐるに、九月の半ば、夫人より文にて、

かへし

旧友《とも》が編む歌集供へし亡き夫《つま》に　睦みし日々はいくとせはるか

亡き友に供ふる歌集に重ね見る　教師の理想語らひし日々

十月の中頃、年ごろ勤めし柏市の高校の男子校時代の教へ子にして、今は蓼科にて自然を友として暮らしたる竹内栄治君より『歌めき』の感想とて寄せられし一首。

うつろふが世の常なれどうつろはぬ師のありさまに懐かしさ満つかへし

ぶれなしとえいじらるこそ嬉しけれ　進歩なしとの省りみ添ふれど名寄せ無しのかへし

うつろはぬ君の心に変はらぬと言はれしことぞ身の糧となる

十一月の半ば、『歌めき』世に出でたるを知られし大学院時代の同窓にて、中世和歌史学者の兼築信行さんより、自らの歌集と共に寄せられし感想の文に添えられたる一首。

いつしかもよそぢのむかし　たれもたれもわかきまなびのひびはありけりかへし

ゆく道は違《たが》へどえにし絶えぬらむ　わかやる学び時ともにして

ともに和歌の書誌学学びしに言寄せたり。

大学時代よりの友伴浩一氏に卒業時に頂きしデジタル時計ようよう不調になりたる旨告ぐるに、「新作送らまほしけれど、世界情勢によりて部品調達難ければ、しばしの代替」とて、自ら使いしを再整備して二月の末に届けたるに、添えられし歌二首。

かつて作りて友に贈りしデジタル時計の不調かこつを知りて、

四十年余《よそとせよ》こらへて使ふと聞くからに新たしきもののなさむとぞ思ふ

電子部品の納期遅きがくちをしきゆゑに、

あへなくももの乏《とも》しきに悩み過ぐし旧《ふる》めかしきを甦らせつ

かへし、不調は電光パネルのみなれば、

光消ゆも機能は保つ丈夫さに作りし君の心をぞ汲む

また、代替えの品、形は異なれど電光パネルの数字の形は同じなれば、

よそあまりいつとせなじみし電光の数字にまたも会へるうれしさ

一月末、『歌めき』読み給ひし美術科の越前谷恵先生、文にて寄せられし歌九首。

いぬる十一月、室蘭に住みし姑亡くなりしかば、

厄よけて見舞いし義母の　のばす手に　ふれる手ざわり　ビニールの感触

厄よけて　ビニールごしに　見舞う義母　浮世のほこり抜けたかのよう

主なき　家に泊まりて　片付けの　我の手紙を見つけし鏡台

かへし

永訣のふれ合ひ許さぬコロナ禍を知らずに逝きし母偲ぶ今

女生徒の手製の数珠持ち読経聞く　独身案じし母七回忌

学校にて、つれづれ美術室より空をながめて、

仕事場に広がる窓から見える空　人の世界を忘れるひと時

鳥たちが慌てて飛び去る後からは　来たる荒風　夕立ちの予感

夕刻の同じ時間に来るカラス　眠るまえの楽しみ　生徒の様子見

かへし

生徒らを眠らすものかと声からす我に驚く鳥もありけむ

我が子の成長に寄せて、

春来れば飛び立つ息子の背を見るや　時たつ速さに声も出ぬ今

スーツ着て車内でスマホ見る君は　息子と同じ就活のとき

かへし、退職の身に寄せたり。

卒業の別れと出会ひの交差路に見送るばかりの年を重ぬる

コロナ禍に寄せて、

コロナ禍でたったひとつ善きことは空がきれいに雲うつくしく

マスクして息を減らせよこの星で　わたし達の犯した罪は

かへし

コロナ禍は地球が人を呪う業？「不要不急」はお前のことだと

四月の中頃、『歌めき』読み給ひし英語科の河原井理英子先生より、この新学期
の心を詠めるとて寄せられし歌四首。

緊張感楽しむ余裕我になく深呼吸して入る教室

新年度通いなれたる教室に新たな顔ぶれ上書き保存

ひっそりとリセットされし教室にポツンと1人観葉植物

北風に立ち向かいつつ芳しく春を告げたる梅花一輪

かへし、四首併せたり。

一昨年六月の初授業の頃のありさまとて、

初授業準備不足で自己紹介　娘の嗜好を探り汗ばむ

静寂に緊張緩和をもくろみて冗談飛ばし部屋凍りつつ

昨年の九月、退職間近の頃の想ひ出とて

放課後にふと立ち入りて教室の昼のざわめき偲ぶその頃

この春に卒業せし娘達、大学合格の知らせ寄する者多かれど、その後の便り乏しければ、心もとなくて、入学式の頃、祝ひの言葉届けたりしが、その際のこころを、

入学に桜の写真送りつつ寿《ことほ》ぎ序でに絆確かむ

蛍雪

九月の中つ方、人物推薦書の作成頼み申すに、「歌詠まばものせむ」とあれば、

はな

袖濡らし辞めた恩師に懇願す　我が留学を助けたまへと

任終えた国語の恩師に我が未来　託してみようと文章依頼す

かへし

懇願に秀才捏造とおどけつつ資質の高さに思ひ馳すかな

問ひ発す君の理解の確かさに授業熟することぞ幾度

心通ひたる娘の心まめまめしく直かる、公募推薦入学の志望理由書の添削求め

ければ、ものして返すとて、

人に学ぶ喜び語る君通し教へる喜び我もまた知る

指定校推薦発表の日、心通はしける娘より、内定の知らせのいとどとくきたれば、

君と今喜ぶ幸ひ身を走る　内定メール来る素早さに

またの日、黎明に目覚めたる後、え眠らざれば、五時過ぎに走りにでて、
行く末を定めて喜ぶ君想ひ日の出の道を駆け抜けるかな

そのまたの日、「とく内定決まりしはこよなく嬉し」と伝ふるに、「喜ばせしことこそ嬉しけれ」とあれば、

君得たる喜び慶ぶ我をまた喜ぶ君に我は歓ぶ

心通ひたりし娘より「推薦は逃げと親より責められて落ち込みたり」との言葉
得て、あれこれ慰めの言葉つらねたりしあした、
責められて沈める君を癒すべく無き知恵絞り尽くす言の葉

心通ひたる娘の日頃進路の話具《つぶさ》に語らひけるより、指定校内定不如意の連絡あれば、

職離る我を信じて道語る君の未来に幸多くあれ

その意志の人並み以上の君なれば今の挫折も糧となるべし

また同じ娘に、

健気なる夢追ふ君のいとしさに寝覚め重ぬる月満ちる夜半

退職の日、心通ひたりし七組娘の笑顔らうたき、記念写真を求めければ、進路指導室の前に並びしを石原先生撮らるるに、仕上がりたるを見れば、部屋の扉開きたれば、十月の初め写真を送る折、文に記したる。

進路室偶然《たまたま》開ける扉《ドア》前の君の笑顔も予祝事となれ

またこの娘の志望理由書の添削を通して、親しき人の闘病と逝去ぞ志望のゆゑなるを知りて、

亡き人のゆかりの夢追う君知りて笑顔に秘めたる想ひ偲ばゆ

十月中旬の終わり、三組娘の日頃言葉交はすこと少なき、志望理由書の添削う
けたまはらばやとて便り寄すれば、嬉しくて、具にものして、
これまでと異なる君知り心ゆく　けなげなる夢ともにたどれば
人とまじはること苦手と思ひしに、看護師を志望すること知りたれば、
その心をこめたり。

十一月の中頃、国語得意になりたりと喜びし娘、「この頃現代文不調なり」とて不出来なる問題送り寄せしかば、スマホにて具に説き明かすに、例のごと飲み込み早く、とく応《こた》ふるが嬉しくて、覚えずやりとり長びけば、

言の葉を打てば響くの君なればラインに宵越す我がまたゐる

同じ娘より、公募推薦入試三日前との連絡あれば、十七日深夜。

入試まで三日のライン寄す君に返信悩む夜が更けゆく

同じ時、授業難民の娘達の様子知らすれば、難民娘へ託す歌とて、

難民と呼びて怠学揶揄したる君の姿を想ふこの夜

難民とは三組なる国語怠学内職軍団を我かく名づけて〝保護〟したる娘達にて、授業せむとせざればいみじく心通へる娘達なり。

「ＡＯ入学試験受くれば、人物推薦書き給へ」とて知らぬ人なき難関大学の要項電送しきたれば、無駄骨と思ひつつ、秘書役勤めし贖ひとて、定めに沿ひていとど長大なる文をこさへて、類稀なる才女に仕立て上ぐるに、

十二月一日、合格の知らせあれば、

合格に奇跡と叫びて思ひやる君を鬼才に仕立て上ぐ日々

かへし　　　　　　　　　　　　　　ら　な

面接官にディスられ睨まれまくったけど　笑顔で反撃わっふぉっふぉい　と

四日、またのかへし

幼さに賢さ滲ませ心惹く不思議の君にまた目を瞠《みは》るかな

十一月の下旬、四組の心通へる娘より小論文添削の依頼の文あれば、歌詠まば
くるしからずとて、
職離れはや二カ月の我になほ師事する君に幸多くあれ

同じ娘、二月の十日過ぎの雪降りたりしまたの日「第二志望に受かりて、県立大の入試作文のみを残したれば、しばしつれづれなれば、また雪降らば、書道塾の雪かきする身になむなる」と憂いたる旨の消息寄せたれば、

滑り止め　本番作文に備えつつ雪かく君を思ひやるかな

再び雪つもることなくて、雪かき仕事は免れためり。

「添削せむずれば歌給へ」とあまたたび師の責むれば、夏休みには賑はいし自習室の、二月の半ば過ぎは閑散として日毎に人少なになりゆく様を詠める。

こすず

降る雪を共に見た人サクラサキ　自習室には今はもう無し

かへし

君望む高枝の花も咲きぬべし　人なき部屋に春を手繰《たぐ》れば

また、入試作文の添削指導に寄せて、

ダメだしに負けずに挑む君信じ厳しき言葉また送る夜半

十二月の初め、登山の折常に身を案ずる三組娘より、第一志望校公募推薦合格
の報せあれば、
合格に嬉しさ安らぎ共にする　互いひに心配交はす君ゆゑ

同じ日、返信遅るれど常に連絡怠らぬ三組娘より、大学発信の合格通知画面の
転送によりて公募推薦合格の報せあれば、
合格の喜びをともに分たむと　通知の画面をまま寄する君

十二月初め、日頃心通はせつつ連絡交わしたる四組娘より、公募推薦合格の報

せとともに、期末も共通試験も力尽くすとの知らせあれば、

合格を決めても期末に手を抜かぬ君の姿ぞ我が励みなる

同じ日、予め小論指導の願ひありながら、つひに依頼なかりし四組娘より、「指導受けぬまま受かりにけり」との知らせあれば、

嬉しくもわづかに悔ひと言へばあり　手助け損なふ心残りに

かへし　　　　　　　　　　　　　みさ

先生の　助けなしでも掴み取る　就活時には　助けもとめむ

共通試験受けしに、私事に教へ授かりたりし古文の出来、はしたなく、心もとなければ、
いろは

蝶々雲掴んだような手応えで　実技試験に全力集中
かへし、咲初めし紅梅の花の写真を添えて、十七日朝
まどひつつ君掴むなる雲の蝶　咲き初む梅のしるべともなれ

三月一日、共通試験の頃、理系に進みしを悔ひ悩みて文転し、有名私学文学部に受かれば、その喜び告げむとて絵と共に、

ゆい

悔いなしと誰が言えるか凍る冬　長らく耐えて「サクラサク」と告ぐ

かへし

英《はなぶさ》を手折る姿も偲ばるる　冬耐へ青き山訪ぬ君

英文科を志すとあるに言寄せたり。

小論推敲に助言せし娘よりの受験結果の知らせなかなか届かざれば、心もとながりつつあるに、年内に既に推薦合格せし旨の便り、三月末に届けば、

案じける合格知りて喜べど　便り遅きに君を恨みつ

四月二日、「難民娘」の一人の入学に、ラインにて、

今日よりは人への教え学ぶ君　心豊かに日々新たなれ

四月中頃の末、望める学科に入りにしかど、大学には心ゆかぬと告げたりし娘につかはすとて、

数学ぶ君に問はばや　飽かざりし目白の春の景色いかにと

かへし　千夏

理系なんで歌での返事はホント無理　意外と良かったといっておきます

また、その友なる七組娘の担任の思ひ知らざるに歌求めしに、「受験切りぬけて後、アイドル推しの病再発したれば、日々追っかけに消耗して、授業もままならず」とあれば、本人に替わりてその心を、

滑り込みアイドル追っかけ再始動　リモート寝坊で留年切迫

我心代弁したる様、いみじうめでたし、との返信あり。

旅立

卒業間近の心を、　　　　武藤　杏佳

だんだんと実感がわくお別れをうわばきさんも感じてるはず

かへし

君惜しむ上履きさんも我ありし一年《ひととせ》三月《みつき》を覚えたりしや？

受験終えて、

山下　結衣

温泉で一息ついて温まる　月をながめて　気持チク過ごす

かへし

浪人し受かりてホッと息ついてはじめて桜の美を受けとめし我

一浪後入学した大学の満開の桜を見てしみじみ美しと思ひしを詠めり。

卒業の心を、

大城　友結

高校　生笑いあった3年間あっという間で寂しい気持ち

かへし

職辞して人とのかかはり薄らげど交はり絶えぬは高校の友

また、鏡をながめて、

親知らず抜歯後顔を見てみると鏡にいるのはアンパンマンかな
かへし

腫れかくし片方の頬も膨らます　今は笑へる卒業写真

卒業クラス写真撮りし日、左歯茎の激痛と腫れに悩みしを詠めり。

卒業式を前に、
お別れは悲しいけれどさくら咲く
実り夢見て梨も花咲け

伊藤　寿梨
満

友との通学残り少なき卒業前の登校日のことを、　　菊田　幸鈴

晴れの日にうたたねをする君起こす　もう使わない通学定期券
かへし

週四日　定期購入案じつつ買わずに終へし女子校勤め

小学生からの学院通学を偲びて、

小川　初菜

笑い合いふざけ合った１２年　気づけばもう卒業の日

かへし

定年後引っ張り出された女子学院　枯れ木に花の一年《ひととせ》三月《みつき》

また卒業の日のことを、
ゆっくりと歩き出した通学路　胸に抱えた証書と寂しさ
かへし、退職の日のことを、
濃密な時経て鐘楼後にする　九月の宵に名簿抱えて
校舎に鐘楼あるに言寄せたり。

卒業の心を、　　　　　　　　　　　川村　優奈

卒業しもう制服姿の友見れず　悲しいけれどまた会おうねえ

かへし

コロナ禍で列席出来ずにリモートで制服姿の巣立ち惜しめり

卒業式に臨みて、　　　　　　　　　　優奈母

コロナ禍の学校生活行事なく子の卒業に涙流れる

かえし

コロナ禍に行事しぼみし娘らにより幸あれとチョーク持つ日々

卒業後、学園生活を偲びて、

清水　悠衣

三年前　胸を弾ませ　くぐった門　あっという間にすぎ去る国女

国女は学院の略称なり。

かへし、退職の日の心を、

卒業の晴れの日偲び門《かど》近き鐘楼見上げ去りし秋の日

卒業後の心を、　　　　　　　　　　笠　壺

制服を身に纏うのも　期限切れ　戻らぬ日々を恋しがる日々かへし

コロナ禍で式典臨めず授業時の制服姿を懐かしむ今

「卒業の心を詠め」とあれば、

金原　羅奈

「やったぁ、あと一年間ほど通える」と夢で見たほど未練たらたら

かへし、学校のうち外で、共に過ごす時いとど多かれば、

卒業後逢ふ日はありやと案《あん》じつつ　成長《おいたち》促す定め哀しき

書、絵に日々打ち込みし心を、

仲　ひな乃

とりあへずと謙遜すれど密かには野心抱きて作品なす日々

かへし、書道部引退公演にての書道パフォーマンス姿忘れがたければ、

筆先に総身《そうじみ》込めたる君を見き　袴なびかす風に負けじと

その日、寒風いとどすごければかく詠めり。総身《そうじみ》は正身《さうじみ》をもどきし造語なり。

ある恋のかたちとて、

廣瀬　菜穂子

二次元に全身全霊恋するが思いは常に一方通行

かへし

恋ひしても別離自在の二次元に夢中の君の羨《とも》しくもあり

部活の思い出とて、

たかはし　まゆこ

沈みゆく　私をそっと包み込む　友の言葉と優しい音色

かへし

音結ぶヴィオラに捧ぐ身なればこそ友の言葉も君を包まめ

フルートに打ち込みし日々を、　岡田　理沙子

フルートとピアノで吹いたコンチェルト　いつかはオケと合わせてみたい

かへし

ピアノ譜は就学過程と見なせかし　社会の総譜に挑む礎

また、合格後の空白の日々を、

春休みゲームばかりの日々過ごす　大学の課題なかなか終わらず

かへし

音無きを音への備へと知りぬべし　総休止《ゲネラルパウゼ》の意味知る君は

学童時より学院にてみ仏になじみて、　春田　彩翔

十二年仏教学び卒業す　阿修羅の像が1番の推し
かへし
四十年前《よそとせまえ》通学電車で憧れし数珠持ち娘と歌詠める今

先生に連絡するに「卒業の心をよめ」とあれば、「思案して『また明日《あした》友と交わしたこの言葉』との上句を得たれども、下句え案ぜず。もう会へぬ悲しみを表したし」と申せば、「卒業をほのめかす言葉あれば、悲しみの心おのづから表はるべし」と言ひ給へば、「出で来り」とて、

北田　あおば

「また会おう」友と交わした約束を胸にしまって飛び立つ学び舎

かへし、同じ心とて、

「また明日」交わし続けたこの言葉　胸におさめて友に手をふる

「ありし上句捨つるは口惜しければ、生かさむとて作りたり」と言へば「かかる歌詠ままし」とぞ。

惜春の心を
散ってゆく　桜と悲しみ華やかに
萌ゆる若葉に立つ瀬ゆずりて

佐藤桃夏

満

美大生になりての心まどひを、

前野　いろは

美大生　奇抜な格好当たり前　入学式からファッション戦争
ああまただ　入学式から3回目　乗換駅が通り過ぎてく

かへし

奇抜さは美大の「相貌」と思いなせ　言語を超えて「空《くう》」を窮めよ

三年で学びし奇怪評論文『言語が見せる世界』をふまえたり。

教室で癒し醸しし君なれば　げにぞ世慣れぬ姿いとしき

「歌たまへ」とあれば、入学の日校門にて撮りし写真と共に、

藤田　莉緒

伸びた髪ひとつに束ね門の前　遠きあなたに届く笑顔で

かへし

黒髪を切りし日思び心満つ　「あなた」を偲ぶ君を見つめて

新たな風に向かひて、　　　　　　長谷川　桃佳

風を待つ全ての想い飛ばしゆく　吹き渡るのは　青嵐かな

青嵐とは青葉を揺り動かす強風なりとぞ。

かへし

花惜しむ心に嵐はつらくとも君よ若葉を押す風に乗れ

「歌給へ」とあれば、題探るに、母の「子の育つや早ううるはしき」と呟きしを想ひ出で、数へならば我が歳早はたちなると思ひ至りて、母の身になりて、我が生ひ立つ様を詠まむとて、四月十九日、

向後　薫

藤だなの花やかなるその房ひとつ　はたちを迎ふ娘にも似て

かへし

花まぼる母の眼差し身に注ぐ君の心ぞはやはたちなる

あとがき

『歌めき』の続編を出すことになったのは、次のような三つの事情からでした。

正編をご覧になった方は御存じでしょうが、正編は、長年の学校勤めの後、思いがけず得た浄土真宗系の女子校の産休代用教員職を、雇用期間を終えて退職する際、いわばその記念として出版されたものでした。退職の日は九月八日で、それに間に合わせて出版するために入稿は六月末日としたわけですが、実は、それ以後も「歌めく（私の恣意的用語で、歌を詠みたい気分が醸成されるの意）」ことが、とりわけ九月八日前後にむけて級数的に増えてゆき、実際私自身多くの歌を生徒に詠みかけることになり、相当の数の歌が出来たのみならず、私により歌を詠む習慣を植え付けられてしまった気の毒な生徒数名が、私に詠みかける歌を少なからず作ってくれたお蔭で、退職の際、私は新しい歌を数十首抱える身となっていたのです。どんなことに「歌めいた」かは、当歌集の「別離」と「相聞」の部所収歌の詞書を見ていただければお分かりいただけますが、それは国語科の先生方からいただいたプレゼントを含め、一年三カ月勤めた産休代用教員が職を辞すに当たって受けられる、想定された恩恵についての常識を、相当超えているといえるものでした。そのために、そうしたことへの感謝の意を表明したいと言う気持ちが湧いたと同時に、それらの歌を形にして残したいという気持ちが起こったのです。

そして、もう一つの事情ですが、それは『歌めき』の出版がもたらした負の部分にかかわることです。それが完成した際、私は『歌めき』に歌を寄せてくれた生徒全員に、作者の特典として完成したばかりの歌集を配布しました。当然ながら歌を寄せなかった生徒はもらえないわけですが、私はそれが分からないように、出版社のほうから直接御家庭に届くように配慮したものの、九月六日には当該生徒のほぼ全員に歌集が届くことになりました。そのことによりどういうことが起こったかというと、特にクラスの半数以上が歌姫となっていた、二つのクラスの生徒は七日、八日とわたって、学校に歌集を携行し、私に本への揮毫を求めたばかりか、一つのクラスでの退職記念写真では『歌めき』携行者全員がそれを掲げて私と写真に収まるということがおこったのです。私はとても面映ゆかったものの、こうしたことにより、所持していない生徒に疎外感を感じさせてしまったのではないかという懸念が生じたのです。そして、それを何とか解消させてあげたいと考えあぐねたのですが、それには、正編を作る際に行った、冬休みでの任意課題としての短歌募集同様、当方の返歌のおまけがつくという条件で、詠出の機会を再び全員に作って、その作品を出版してあげるということが一番いいのではということに思い至ったのです。

まず、こうした二つの理由から続編の出版への願望が生じたのですが、当方の希望だけでは本は作れないわけで、こうしたいきさつを、正編を出版していただいた武蔵野書院の前田さんに相談したところ、幸い快諾を得ることができ、ここに続編の出版が実現の運びとなったわけです。そこで私は、二年生の六月から三年の九月の初旬まで、つまり在職した一年三ヶ月授業を担当した二つの理系クラスの全員と、三年の四月から九月の初旬まで授業を担当した理系クラスで、私との歌のやり取りをすることに吝《やぶさ》かではないはずの数名の生徒たちが、詠出可能な題として、受験または卒業を設定し、続編出版と歌募集に関する情報を、九月の下旬には行き渡るようにしたわけです。しかしながら、結論から言えば、私の目論見はまたまた空転することになってしまいました。というのも、求めに応じてくれた生徒は、正編に歌を寄せた生徒の半分をやや超えた数でしかなかったばかりか、続編のほうに新たな歌姫として歌を寄せてくれた人はわずか二人という有様だったからです。

この理由として思い当ることとしては、締め切りを、三月二日の卒業式の一日前の登校日にしたのですが、まだ受験が終わらない生徒が相当数いたこと、終わったにしても、締め切りまで間がなくて歌など詠む精神的な余裕がなかった人が少なからずいたこと、あるいは受験の結果が思うようなものでなく、歌など詠む気分にはなかった人がいただろうこと等々考えられるのですが、とどのつまりは、歌を作ってまでも当方との絆を深めることに意欲が湧かなかったか、あるいは歌を詠むということへの敷居が理系志望の生徒にはどこまでも高かったということになるのだと思います。願わくば後者の比率が高いことを望むばかりですが、それでも、続編の為に歌を寄せてくれた生徒の作品の質は高くなっているばかりか、前述したように、少数ながら、短歌を抵抗なく詠む習慣を持つ生徒を育てられたことが明らかになったのは幸いだったといえるでしょう。

こうした事情があったわけですが、ややめげ気味の私に、また別の面から出版への気持ちを後押ししてくれたものがありました。それは『歌めき』を見てくださった知人、友人の何人かから、歌での感想または、感想に歌を添えたお便りをいただいたことです。娘達の歌の質も向上しているのですが、やはり年齢を重ねた方の歌は含蓄があり、それに接して「歌めいた」私は嬉々として返歌を作りお届けしたのですが、そうしてみたところ、そのやりとりを形に残さないともったいないという気持ちにもなったのです。

かくいうことで出版のはこびとなったわけですが、歌を詠みながら心配していたことは、正編は、私の半生の成果であるとともに、生徒たちとの多様な学校生活の成果であり、歌の出来はともかく、多彩な局面を反映した詠作が多かったの対し、知人、友人の含蓄ある作があるとはいえ、今回は詠作の多くの場が生徒との別離や生徒の受験や卒業や入学に限られてしまっていて、歌調が単調なものになってしまっているのではないかと言うことでした。実際、私の得意分野(?!)である三つ編み姿を詠んだ歌などはその感が否めないのですが、そうした一方、生徒の生き様に関するものでは、学校生活を惜しむ心や羽ばたこうとする気持ちが「歌めく」気分を高めてくれたのか、それなりに調べのよい歌が出来ているのではないかとも思えますし、また正編同様、一部の慈愛溢れる(さすが浄土真宗系??)生徒が、あらかじめの了解の上で、恋歌まがいの調べの歌を受け入れてくれたおかげで、気分の高揚した歌も詠めたのではと思います。また、知人友人の方たちへの返し歌もそれなりに味のあるものになっているのではとも思います。

このような事情を反映し、今回の部立ては、私の退職を題材にした歌を収める「別離」、それを含めて生徒との心の交流を詠んだものを主とした「相聞」、知人、友人との贈答歌を収めた「知己」、生徒との受験をめぐるやりとりを題材にした歌を中心とした「蛍雪」、卒業、入学を扱った贈答歌をおさめた「旅立」の五つにしました。当初はどのような部立てでゆくか悩んだのですが、何とか格好の付くものになったのではないかと思います。そして各部立て内の歌の順はほぼ時系列にそったものになっており、詞書に日付を入れたものもあるために、とりわけ「蛍雪」の部の歌からは、退職後の私に求められた助力や、生徒の心境が伝わり、さながらそれは娘達と私との受験奮闘記のようなものにもなっているのではないかと思われます。

今回の出版の最大の目的は、この生徒たちの卒業の記念品たるべく歌集を作ることでしたが、二つの学年にわたり面倒をみた、というか相手をしてくれた三年生の教え子全員の記念品となるという夢はかなわなかったものの、とりわけ歌を寄せてくれた生徒や歌を詠みかけた生徒にとっては勿論、「別離」の部には、クラスの全員への感謝の気持ちを込めた歌を収めていることもあり、コロナ禍でままならなかった彼女たちの学校生活に一つの彩りを添えるものにはなっているのではないかと思います。そしてまた、正編の歌同様、私たちの歌めきによって生まれた歌が、私たちの単なる自己満足ではなく、多くの人の心と親和性を共にし、詩的な時間の糧になるものであることを願わずにはいられません。

今回も出版に際しては計画の当初から武蔵野書院の前田智彦氏のご助言とご配慮をいただきました。ここにそれを記し、その御厚情への感謝の言葉といたします。

令和四年四月二二日

三上　満

《編著者紹介》

三上　満（みかみ　みつる）

1955年東京都生まれ。

早稲田大学教育学部国語国文学科卒業。

同大学大学院文学研究科博士課程満期退学（平安文学専攻）。

1981年～2012年、2020年6月～2021年9月都内および千葉県内の私立中学高等学校に国語科教員として在職。現在千葉県八千代市在住。


著書に『原典でたどる仏教哲学入門 I　釈迦の教え』（武蔵野書院、2017年3月）、編著書に『歌めき　三上満贈答歌集』（武蔵野書院、2021年9月）がある。

続 歌めき　三上満贈答歌集

2022年6月10日 初版第1刷発行

編著者：三上　満
発行者：前田智彦
装画及び題簽：仲 ひな乃
装　　幀：仲 ひな乃＆武蔵野書院装幀室

発行所：武蔵野書院
〒101-0054
東京都千代田区神田錦町 3-11
電話 03-3291-4859　FAX 03-3291-4839

印刷製本：三美印刷㈱

ISBN 978-4-8386-1000-6 Printed in Japan

歌めき
三上満贈答歌集
武蔵野書院

Post Card

武蔵野書院

The 100th year anniversary publisher from1919

『歌めき　三上満贈答歌集』
装画及び題簽：仲 ひな乃

制作：武蔵野書院